JN155491

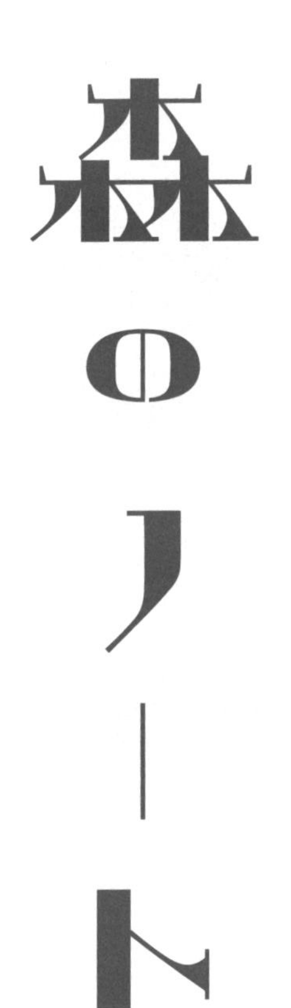

森のノート

酒井駒子

もくじ

森のノート

1

子犬

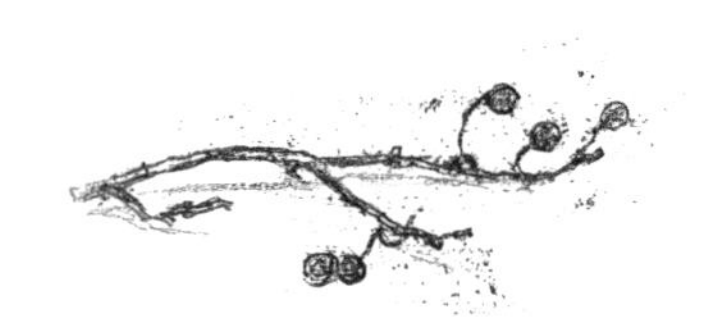

からまつの森を歩いて行く。風の音といっしょに金茶色のからまつの葉が、あとからあとから降ってくる。空は鉛色で気温は低い。誰も通らない道を歩いて行く。

どこからか子犬のような鳴き声がする。悲しいような甘えたような調子で「くぅーんくぅーん」と鳴いている。二匹いる感じがする。声のする方へ行くとマンホールがある。

森の奥にマンホールなんて奇妙だ。落ち葉の中から

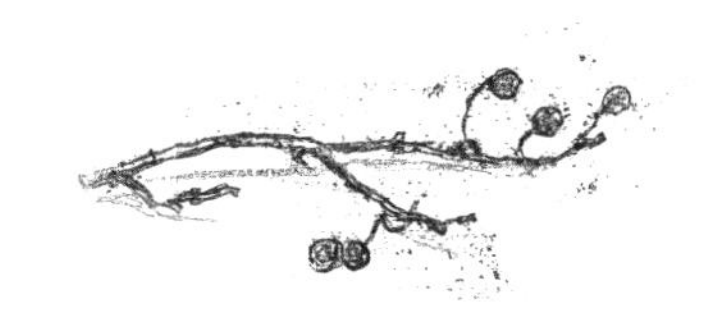

突然コンクリートの立ち上がりがあって、その上にマンホールの蓋が据えてある。子犬の声は、そこから聞こえる。地中の管に閉じ込められた二匹の子犬を想像して焦る。助けないと。

けれど「くぅーんくぅーん」の声は規則性があることに気付く。マンホールの奥の水流が、何かを押す音らしい。しばらく聞いてから立ち去る。

帰りに、もう一度マンホールのそばに立つ。変わらず、悲しいような甘えたような声が聞こえる。森の中で。

2

糸蜻蛉

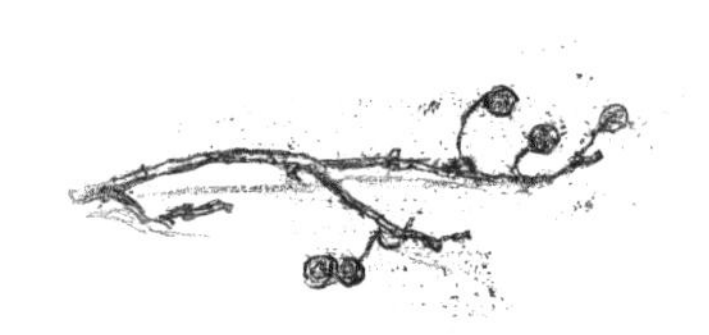

ひと月ぶりに来た山の家は冷えきっている。連れて来た猫がウーウーと唸り怒っている。床が冷たすぎる、足が置けないと、ひと足ごとにまるで「熱ッチッチ！」というように（本当は逆だけれど）足を浮かせて震わせている。薪ストーブの火を大急ぎで熾す。

部屋が暖まると猫は元気になって何かを追いまわし始める。糸蜻蛉がいる。三匹はいる。窓のところにもう一匹。どこから来たんだろう。外は雪が降っている。

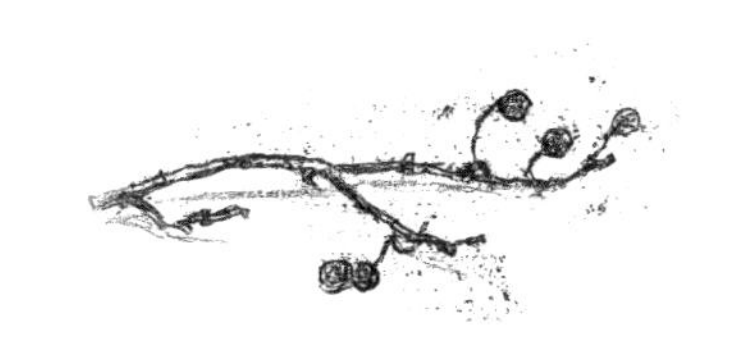

土間に薪を取りに行って、これかと思った。積んである薪の断面に糸蜻蛉が数匹、全員横向きになって薄べったく張り付いている。死骸のように見える。けれど冬眠しているのだろう。押し花みたいだ。

暖かい部屋に、眠りから覚めた蜻蛉が飛んでいる。床にとまっているのを写真に撮ろうとしたら、猫の玩んだ後らしく首がない。

3

足跡

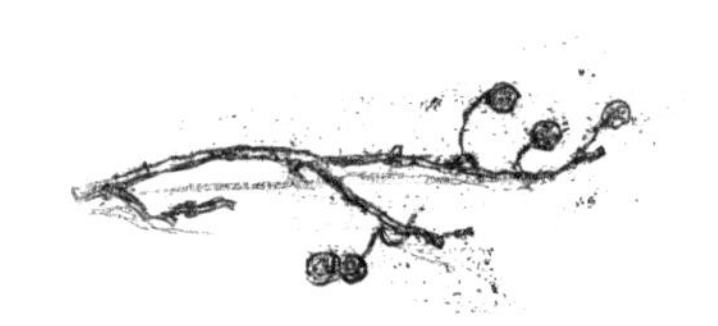

雪

靴を履いて外に出てみる。一昨日からの雪は止んで空には青空も見える。風が吹くと空中がキラキラと光る。辺りは一面真っ白で、なんだかクリスマスの絵本のようだ。森の中に入っていく。
　たくさんの動物の足跡が雪面に続いている。人の足跡はない。鹿の蹄の足跡に、そっと左足を重ねてみる。次は右足を。そうして一歩一歩たどっていく。鹿はまっすぐ谷を降りていく。時々、雪が黄色くなっているのはオシッコの跡だろう。不思議に粒のそろったフン

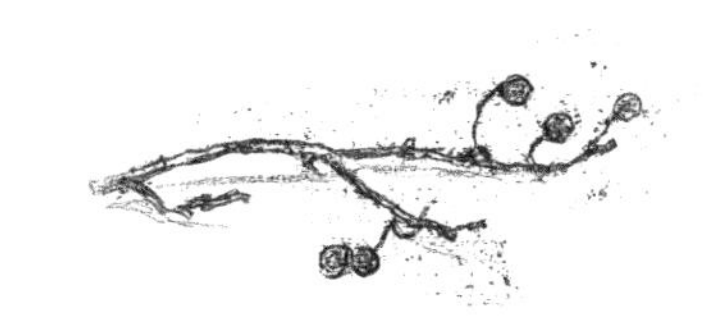

の小山もある。

鹿は谷を降りきると、今度は水の無い沢を上っていく。ほどなくコンクリートの堰が見えた。堰の下には水が湧いていて、まわりには、さまざまな足跡がついている。鹿や狐や猪や鳥や。皆、水を飲みにきたのか。たくさんの動物の足跡の中に、自分の雪靴の跡。

4

枝

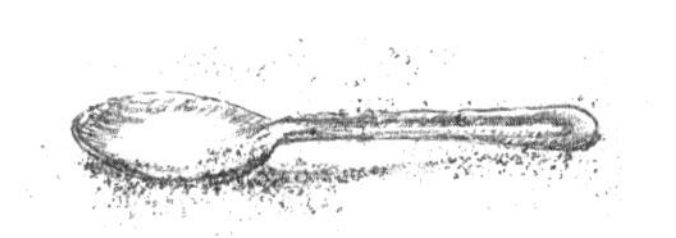

山の家からもどると、今度は東京も雪になった。家人が、家の前の道を雪かきする。私はストーブの前で猫と座っていた。

しばらくして、お向かいの家の子どもらがスコップを借りにくる。片言の礼儀正しい日本語で。ニュージーランド人の姉妹は明るい色の髪をしている。雪かき用のスコップを二本、嬉しそうにかかえていく。

ネットで、山の家辺りは大変な積雪になっていると知る。近所の人に電話をしてみると一四〇センチも積

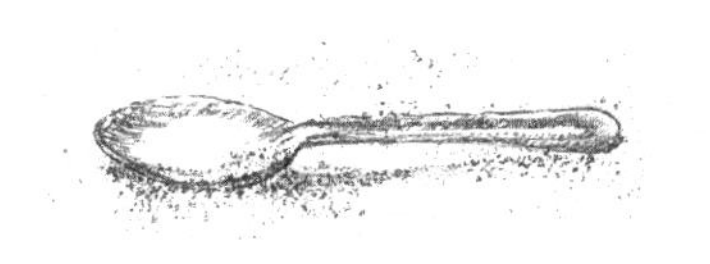

もっていて、車を乗り捨てて、やっと家にたどり着いたと言う。どこもかしこも雪で、孤立している、と言う。

子どもらが、スコップを返しにくる。いっしょに、満開の紅梅の枝を両手いっぱいくれる。雪のせいで折れたものなのか、黒い枝の根元がそれぞれ生々しく裂けていて、その裂け目は花の色と同じ紅色をしていた。

5

鳴き声

森の中で、だれかが笛をふいている。オカリナのような笛の音が、曲にならない音程でずっと聴こえる。人の来る場所ではないので鳥かなとも思うけど、鳥の鳴き声にしては出鱈目すぎる気がする。妙な帽子を目深にかぶった男が、「フッフー、フゥワァオー」と、独り言のようにオカリナを吹いている様を想像する。

〈笛のような鳴き声〉で検索してみる。すぐさまヒットして動画まで出ていたので驚いた。画面から、さっ

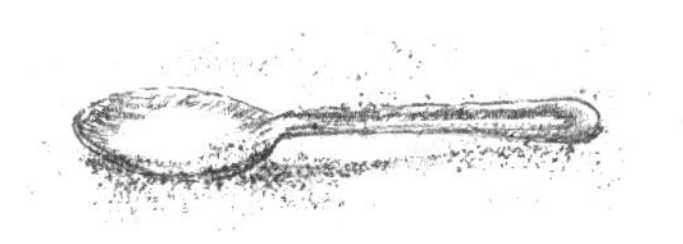

き聴いたのと同じ音が聴こえる。「青鳩」と書いてある。オカリナ男ではなかった。他にも色々な鳥の動画がある。

「鵺」というのもある。鵺なんて想像上の生き物かと思っていた。画面からは、「ヒィイイ……ィ」と、か細い不思議な声がする。寂しげで悲しい、糸を引くような鳴き声で、何度も聴いてしまう。顔だけの女が、長い首を吹き流しのように揺らしながら飛んでいくのを想像する。

6

サッシャ

隣に住む人は、ハイブリッドウルフというのを飼っている。オオカミと犬の交雑種だそうで、見た感じは本当にオオカミだ。隣の土地の鉄の金網に囲われた場所に放たれていて、夏も零下一五度の真冬も、そこで暮らしている。寒さには強いそうだ。名前はサッシャという。長い脚と金色の目をしている。

サッシャは静かだ。吠えない。私が隣地の近くで作業をしていても、威嚇してきたことがない。静かにじっと、こちらを眺めるだけだ。物語の挿絵のような

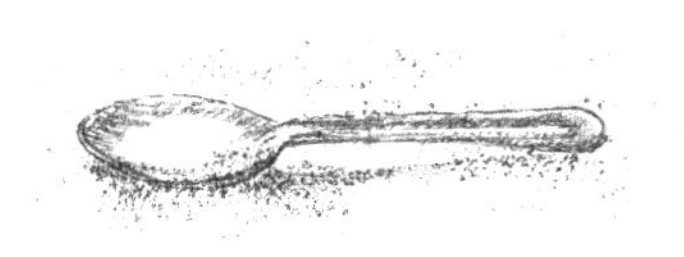

姿で。

隣から物凄い臭いがすると思ったら鹿の解体をしているという。サッシャのために猟友会の人から死体を譲ってもらったのだという。足下に鹿の毛が飛んでくる。

その夜、サッシャの遠吠えを初めて聴いた。オオカミの声は犬とはまるで違った。長く長く伸びていく声が、やがて空気の渦を巻き森を覆っていくような、そんな声だった。

7

ハナアブ

小さなハナアブが三匹、この先を行きたければ許可証を見せなさいというように、ホバリングをしながら道をふさいでいる。私が立ち止まると三匹は縦になって、一匹は私の胸の高さで、一匹は私の頭の上のあたりで、もう一匹は私と目を合わせるかのように鼻先でホバリングしてくる。日に透けてシマシマのお腹が飴色に光っている。

ホバリングはずっとは続けられないらしい。時々、肩をゆするようにヒュッと横に飛んではまた元の位置

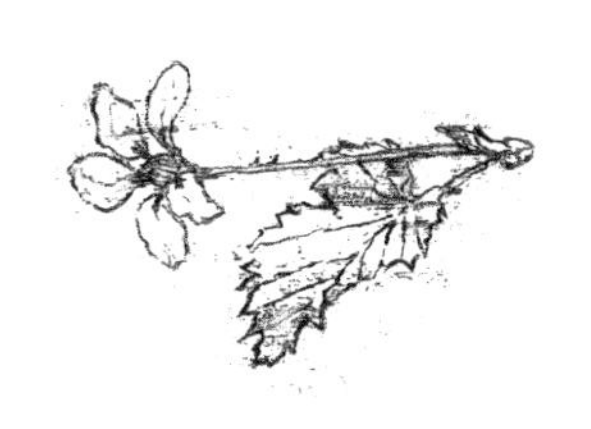

に戻ってホバリングを再開する。羽は常に高速で動いているので見えないくらいだけど、手足は割と脱力していてダランとしている。手だけ時々動かしてもいる。
　私は立っているのをやめて歩きだす。ハナアブ達は慌てたように、おい待て、こら待てとブンブン言いながら追ってくる。私は検問を突破する。ずんずんと歩いていく。行き先など、別にないのだけど。

8

絵本

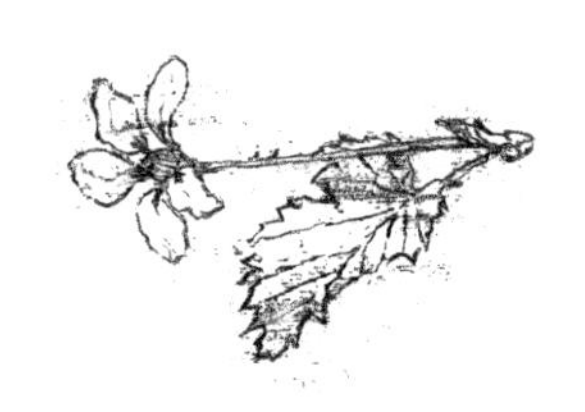

カ

ラマツの森の中に、ぽっかりと開けた場所がある。別荘地にでもしようとしたのだろうか。カラマツを伐って造成までしたけど計画は頓挫して、そのまま放置してある、というふうで、ススキや野いばらが生い茂っている。空が広い。晴れ渡った青空は色が濃くて、黒いくらいだ。夏の空だ。

二〇メートルくらいの白樺が二本、これは伐らずに残したのだろう。青空を背にすっくりと立っている。白い幹が光っている。風にゆらりゆらりと揺れている。

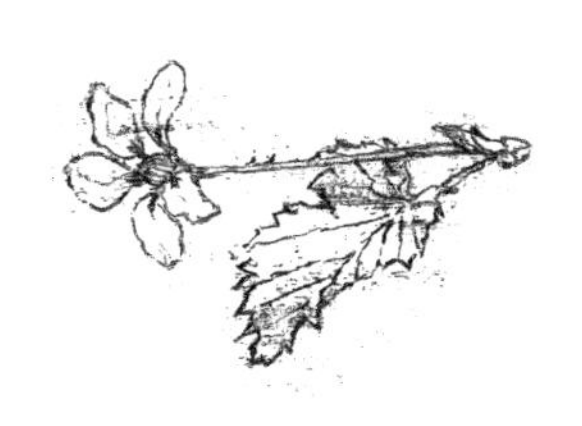

背の高い美しい女の人のようだ。見ていると嬉しいような気持ちになる。いつまでも見ていたい。
私が静かに座っていると、向こうの方からトコトコと茶色いものが歩いてきた。子鹿だ！と思って息を詰める。子鹿は大きな耳を揺らして近づいてくる。背中の斑点がハッキリと見える。鼻が黒い。子鹿は急に棒立ちになった。私を見つめて、そしてあっという間に野いばらの茂みに消えた。こんな絵本があったなと思う。

9

カラスアゲハ

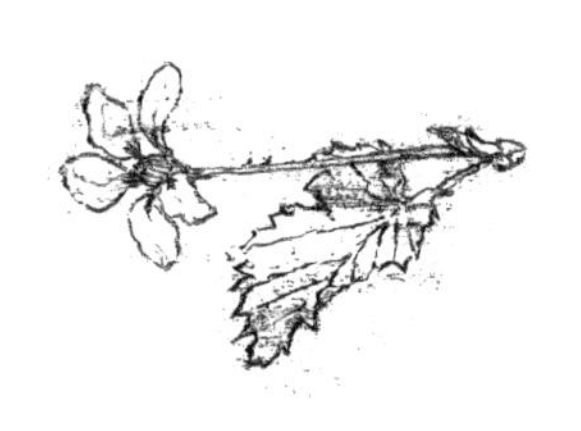

リョウブの花が咲いている。枝から白い花の房がいくつも垂れ下がり、そこにクマンバチだのハナムグリだのカミキリムシだのが来て、夢中で蜜を吸っている。リョウブの木に近づくと、虫たちの羽音と熱気で、耳がワーンとしてくる。

目の前に垂れ下がる花の房に、大きなカラスアゲハが留っている。黒い羽を震わせながら熱心に蜜を吸っている。子どもの頃、ツツジの花に留って、やっぱり羽を震わせていたカラスアゲハに、被っていた帽子を

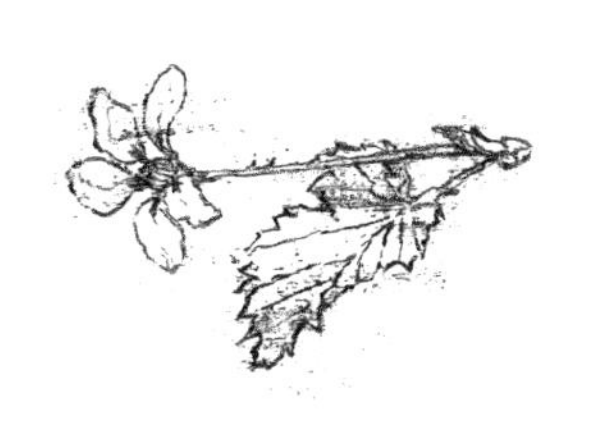

かぶせた。あっけなく蝶は帽子に捕らえられ、私は嬉しくて、帽子を抱えて走って帰った。ベランダに打ち捨ててあった鳥籠で飼おうと思って、蝶をそっと帽子から出して鳥籠に移す。と、とたんに蝶は暴れだし、大きな黒い羽をバッサンバッサンと鉄の籠に打ちつけながら身をよじるので、どんどん羽が傷ついていって、怖くなった私は泣きながら籠に手をつっこむと、捨てるように蝶を放った。

10

鳥たち

夕

方になると家の前の雑木林に、小鳥の集団が遊びに来る。スズメくらいの大きさの鳥たち、一種類ではなく三種類くらいが、それぞれに小さなグループを作りながら、一緒になって行動している。そこにキツツキも二羽ほど混じる。言葉も違うだろうに不思議な気がする。一緒に来て一緒に去る。

鳥たちは、チュピチュピ、ツーツー、チュクチュクと、始終おしゃべりをしながら飛び交っている。その中の一羽が、家の外壁にバンッと激突した。アッと思

う間に、鳥は起き直ってヨロヨロと飛び立つと、近くの低い枝に、なんとか留った。脳しんとうを起こしているらしい。枝に留りながら、うつらうつらしている。すると、同じ種類の鳥たちが、二羽三羽と飛んで来た。隣に留って顔を覗きこんだり、心配そうに別の枝から見ていたりする。日が落ちて来て、他の鳥たちは帰り始めた。頭を打った鳥と仲間たちは、暗くなって影のようになってから、やっと飛び去る。

11

家には猫が二匹いる。姉妹だけど父親が違うので、顔も性格も似ていない。姉の方は山の家が好きでないらしい。連れて来て一週間くらいは、ずっと怒っている。その後は、だんだんと落ち着くが、なんとなくふて腐れた感じの形相で、日だまりに踞っている。

妹は山での暮らしが気に入っているようだ。朝早くから庭に出て、いそいそと雑草に鼻を突っ込んでいる。風の匂いを嗅いだり、カナヘビを追いかけたりして忙

しい。呼んでも家に、なかなか入ってこない。田舎での休暇を惜しむ都会の子どもみたいに、いつまでも外で過ごしたがる。

ひと月半ぶりに東京に戻った。姉猫は、やれやれというように、窓際のダンボール箱でお腹を出して寝ている。妹猫も、私のベッドで長い棒のように伸びて寝ている。二匹ともリラックスしている。山での生活は負担なのか、と申し訳なく思う。人間の私の方は、帰ってくるなり風邪を引いた。

12

高層ビル

高

いビルとビルの間の、横断歩道を渡る。すると、前を行く人の頭上に何かが浮かんでいる。半透明で白っぽい、人の頭くらいの大きさのもの。ふわふわと揺れたり、上下しながらスーッと人について行ったかと思うと、フワッとまた、高いところにもどったりする。ビニール袋らしい。

ビニール袋は風を孕んで球形になっている。落ちそうで落ちないので、生きているように見える。だれかの魂みたいだ。その下を、人が行き交っていく。私が

横断歩道を渡りきって振り返っても、まだ浮かんでいる。

ビルの根元にいくと、中学生くらいの男の子が五、六人、揃いのスポーツバッグを斜め掛けにして立っている。男の子達は高いビルを嬉しそうに無言で眺めている。一人が指をピストルの形にして、ビルに向かって上下し始めた。他の子も倣って、同じ動きをする。嬉しそうに全員、だんだん体を反らしていく。ビルが何階あるか数えているらしい。

La chute des anges rebelles

13

落ち葉

落ち葉が後から後から降ってくる。赤や黄色や茶色やオレンジや。道は葉っぱで埋もれている。歩くたびにカサカサと音がする。

落ちてくる葉っぱの向こうに人が歩くのが見える。おじいさんと、若い女の人と子ども。子どもは男の子だ。三人は静かにゆっくりと歩いていく。

一本の木の前で、おじいさんと女の人は立ち止まり、上を見上げながら話を始める。長く話し込んでいる。子どもはその間、大人のまわりをぐるぐると歩き

まわっていたけど、やがて二人から離れて、私のいる方向に歩き始めた。ちょこちょこした変な歩き方だ。能のすり足みたいな小股な歩き方で、腰のあたりで手のひらをピンと伸ばして「小さく前にならえ」のようにして。子どもは目を据えて、落ち葉をラッセルしながら無言で私に近づいて来た。ぶつかる！と思ったらすれ違って行ってしまった。無音の汽笛とともに落ち葉をまき散らして。汽車になっていたのか。

14

親子

買い物から帰ると、階段の途中にジロキチが寝そべっている。買い物袋を部屋に入れて餌の袋を持って出ると、猫は外に出してある皿の前で、丸い顔で待っている。

ジロキチは雉虎の野良で、この辺りでは、一番強いと思う。他の猫が来ると、凄い声で威嚇する。三〜四年前までは一日中喧嘩をしていたけれど、最近は少しおとなしい。体も小さくなってきて、年をとったと思う。

そんなジロキチが、子猫を一匹連れて来るようになった。子猫と言っても六カ月くらい。細面の美猫で、模様がジロキチそっくりだ。きっとジロキチの子どもだね、チビキチだねと、家の者と言い合う。女の子だったチビキチは、ある日、アーアー鳴きながらウロウロしだした。雄猫が寄って来て、ジロキチが威嚇している。困ったね、どうしようと、家で相談していたら、外で音がする。見ると、チビキチにジロキチが乗りかかっている。

15

道の途中

今日は気温が低い。空は鉛色で、一昨日降った雪は、あたりを真っ白に覆ったままだ。道は、すっかり凍結している。タイヤにチェーンを巻いて、そろそろと山を降りていく。

田畑の中にポツンと立つ、もとは保育園だったらしい古い建物に入る。外とは裏腹に中は人でいっぱいだ。壁に沿ってヘレボラスという名の植物の鉢がたくさん並んでいる。山野草のようで可憐だが、驚くような値段の鉢もある。皆、上気した顔で熱心に眺めたり、五、

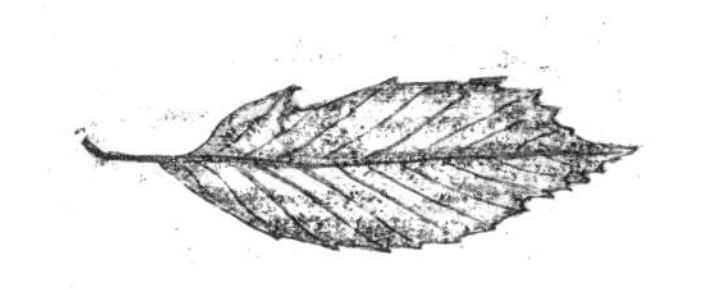

六人の輪になって不思議な言葉で話し合ったりしている。交配についてらしい。

東京に着くと、ウソのように晴れていた。暖かいので、川沿いを歩いて買い物に行く。橋の縁に片方だけの手袋が落ちている。二、三歳の子どもがはめるような、小さな毛糸のミトン。欲しいような気がしたが、通り過ぎる。子狐の、細い棒のような手に、はめてみたい。

16

軍用機

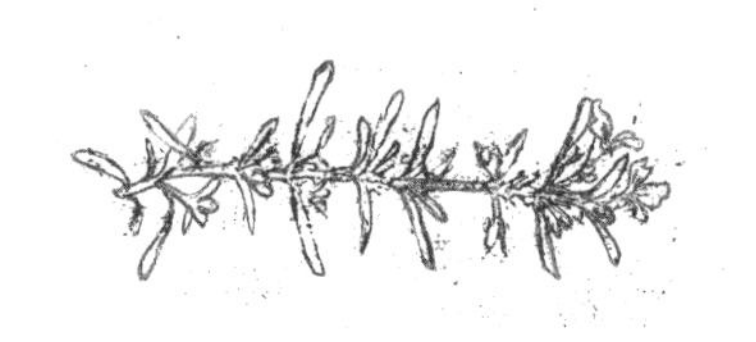

昼頃、ストーブにくべるために松ぼっくりを拾いに行く。すると、キイインと耳をつんざくような轟音がして、振り向くと、驚くほどの大きさで飛行機が見えて、あっ、と思う間に山の向こうへ飛んで行ってしまった。びっくりして立ちすくむ。

森全体が揺れるくらいの低空飛行だった。民間機じゃなくてカーキ色の軍用機だった。小型機じゃなくて、もっと大きな飛行機で、ずんぐりして、のっぺりしていた。

憶えておこうと、それだけ思い出してから、また松ぼっくりを拾い始める。松ぼっくりは油を含んでいるので、よく燃える。良い着火剤になる。

演習か何かだろうと思う。飛んでいる軍用機を、あんなに近くで見るのは初めてだった。カラマツの森とカーキ色の機体とのコントラストが不穏で、何度も頭の中で思い出す。機体にはフロント以外、窓が一切無かった。ぬるんとした生き物みたいだった。

17

ハツカネズミ

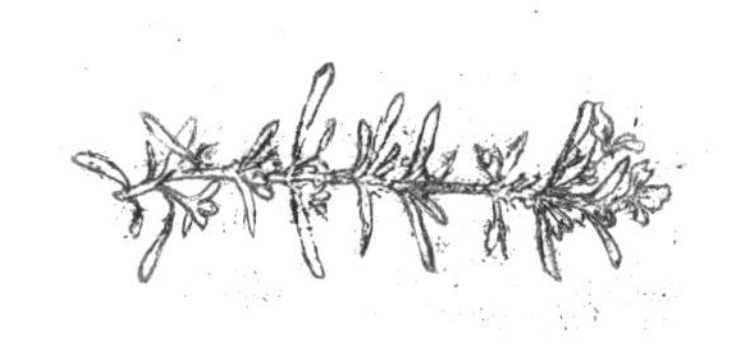

坂の上にある、小さな動物園に行く。チンパンジーやレッサーパンダの檻を見ながら進んで行くと、小さな広場に出る。広場にはテーブルが四台置いてあって、それぞれにヒヨコやモルモットなど小動物が放たれていて、触ったり抱いたりしても良いと書いてある。

私は、ハツカネズミの台に行った。何十匹ものハツカネズミが、おがくずの敷かれた箱の隅のところに固まって、押し合いへし合いしている。ハツカネズミは

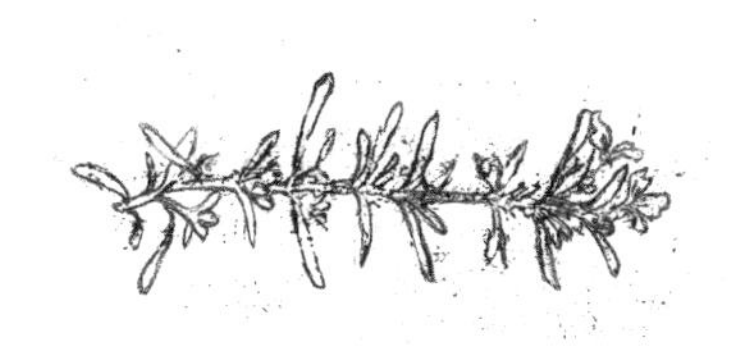

白くて、耳と鼻先と手足としっぽがピンク色だ。そっと一匹を手のひらでつつむ。柔らかくて頼りなくて、お餅のようだ。腕に乗せると、あっと言う間に肩まで上ってくる。

「動物達の休憩時間です」というアナウンスと共に、麻ひもが巻かれた棒がスルスルとテーブルに降りて来た。するとネズミ達は我先に棒に上りはじめて、あっという間にいなくなってしまった。魔法のようだ。

肩にいたネズミも帰ってしまった。

18

男の人

ハ

ツカネズミの写真を撮ろうと思って、坂の上の動物園に行く。小動物の放たれている広場に行くと、保育園の子どもたちが集団で来ていて、大変な騒ぎになっている。係員の人たちが「動物をギュッとつかまないでね。手をお椀の形にして、そぉっと乗せてね。やさしく、やさしく」と、呼びかけている。

子どもたちに混じって写真を撮っていると、目の端に何かが見える。振り向くとベンチに、白い大きな鳥を抱いた男の人が座っていた。男の人は、歳がわから

ない不思議な顔をしている。正面を向いたまま首を傾げて、頬を鳥の体に埋めるようにして、うっとりとしている。鳥は広場に放たれているニワトリらしい。不思議に静かに抱かれている。

ずっと見ていたかったけれど失礼なので、私はまた、写真を撮り始めた。しばらくして振り向くと、男の人は立ち上がっていて、肩に乗せるようにニワトリを抱いて、ゆっくり、ゆっくり、歩いていた。

19

初夏

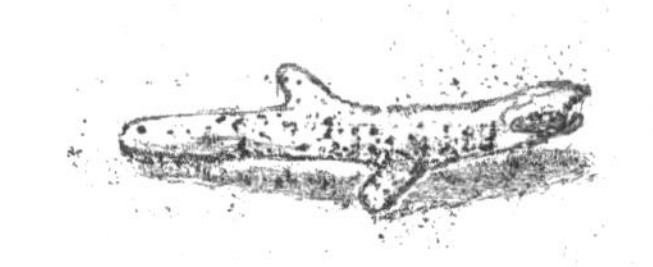

八

百屋さんで大根とサクランボを買う。店を出ると端にゴタゴタと段ボールを積んであるところがあって、そこに小さなネズミが一匹だけでうろちょろしている。ハツカネズミほどの大きさだけど、黒いので、子どものドブネズミだと思う。子どもらしく毛がほやほやしていて目が黒曜石のようだ。レタスの切れ端をかんだり引きずったり、とりとめのない動きをして遊んでいる。「ミトレチャイマスネ」と急に声がしたので振り向くと、上品なお婆さんがニコニコしな

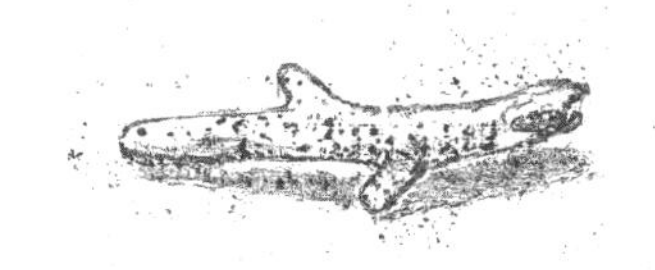

がら立っている。ほんとうですね、と返して二人でネズミの子を眺める。

バス停にいくと、女の人二人と幼稚園くらいの女の子が立っている。女の子は髪が長い。ピンク色のワンピースを着て、ぷっくりと太っていて、とても厚い眼鏡をかけている。バス停の脇に植わっている大きな多肉植物に顔を寄せて、うっとりと指で葉を触っている。

「葉っぱがツルツルしているのがわかるのよ」と、母親らしい人が、もう一人の人に説明している。

20

夏

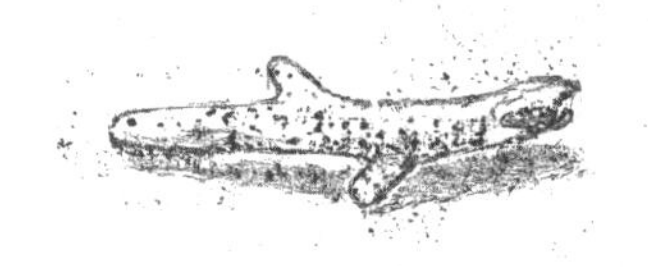

夏が来て、森は躁状態になっている。エゾハルゼミの声が森じゅうで響いている。街では見かけないこの蟬は、歌が二部構成になっていて、ケーロケーロと、まるでアマガエルのように鳴いた後、カナカナカナと、ヒグラシのような声に転調する。ケーロケーロカナカナカナ……ケーロケーロカナカナカナ……と、森全体で鳴っている。

エゴノキが白く輝いている。木の下に行くと、枝という枝に星形の白い花が咲いている。無数に咲く花の

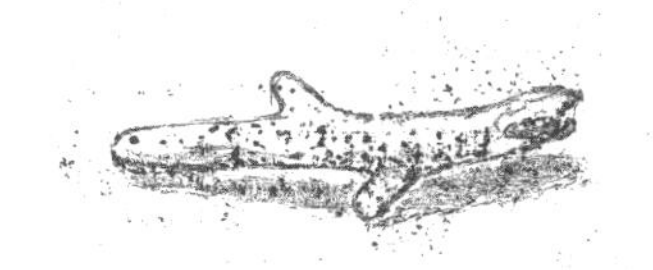

重みで枝はしなってしまっている。その間を蜜を求めるクマンバチやマルハナバチがブンブンと飛び交う。花の一つ一つに忙しく頭を突っ込んで、ビロードのような丸いお尻をふるわせている。

足元を蟻が歩いている。二センチ近くもある、大きな大きな真っ黒な蟻。結婚飛行を終えた女王蟻らしい。パンパンに張ったお腹を抱えて、お供もなく独りで。これから作る王国のための土地を探している。

21

霧

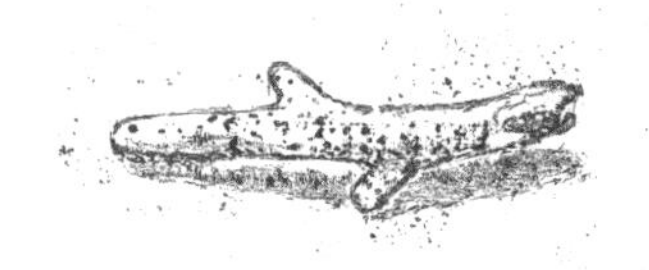

霧

が出てきた。朝から降っている雨を窓から見ていたら、向こうの森の梢に霧がかかった。と、思う間もなく目の前の風景も真っ白になる。霧の白い大きなかたまりの中に、私たちの小屋は、すっぽりとつつまれてしまったらしい。嬉しくて外に出る。

あたりは本当に真っ白で、一メートル先もよく見えない。世の中から隔絶されたような不思議な安心感で、気持ちがのびのびする。霧の粉っぽい香りがする。

家の前の道をそろそろと歩く。雨は降り続いている

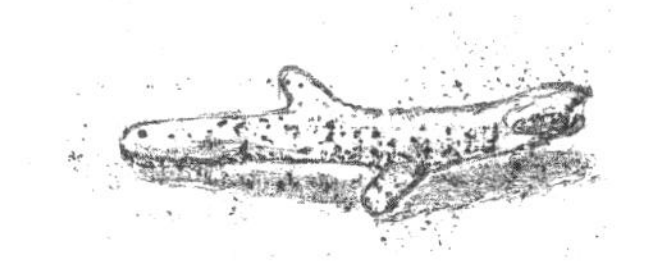

けれど、頭の上の木々の枝のせいで、思ったほど濡れない。道の脇に倒れている大きな木の下からヤマアジサイが出ていて、霧の中で、ぼんやりと咲いている。
　赤松の根元に、白い珊瑚のようなものが生えている。二〇センチくらいもある。そっと持って帰り、図鑑で調べる。ハナビラタケというキノコだった。美味しいらしい。顔を近づけると粉っぽい、霧のような香りがする。

22

秋草

秋の花が咲いている。キンミズヒキにヤマハハコ。センニンソウにワレモコウ。ユウガギクにツリガネニンジン。花の名前は、図鑑で調べても調べても、覚えられない。

足元を細い紐が通り過ぎる。蛇、と思い、そっと追いかけるとスルスルと納屋の敷石とヒメジョオンの間あたりに逃げて行った。三〇センチくらいのほっそりとした蛇だった。まだ子どもだと思う。

子どもの蛇なら触ったことがある。新宿の神社でお

祭りのときに、蛇遣いの男の人が、手の中に滑り込ませてくれた。一五センチにも満たない赤ちゃん蛇で、暗闇の中で銀糸のような舌が、見えないくらいの速さで動いていた。線香花火の火花のようだった。

さっき見た蛇は、首に鮮やかな黄色い線が入っていた。調べてみると、ヤマカガシ、猛毒とある。けれど臆病とも書いてある。納屋の下、ヒメジョオンの麓に住まう、猛毒を持つ、内気で臆病な子どものことを思う。

23

シジュウカラ

朝、二階の窓をあけてみると、窓の下の庇の端に、小さな鳥が横たわっているのが見える。動かない。きっと森の中を飛んでいて、家があるのに気がつかず激突したのだと思う。柄の部分を伸ばした高枝切り鋏で、小鳥をそっと庇から下に落とす。

地面に落ちた小鳥を手で掬うと、まだほんのりと温かく柔らかだった。心臓が動いていないかと、胸を指で探ったけど、足はもう硬くなっている。

小鳥は頭が黒く、頬に白く斑紋がある。首の後ろは

鶯色で全体は青みがかった柔らかな美しい灰色だ。調べたらシジュウカラだった。実直に、小さな目は閉じられている。

スコップを持ってきて、家の横に生えている楓の木の下を掘る。土の中は、たくさんの根がからまっていて掘りにくい。小鳥が横になれるだけの穴を掘って、摘んできた野紺菊といっしょに埋める。土をかけて、その上に清潔な香りの松葉をかさねる。

24

トンネル

森の中に小さなトンネルがある。一〇メートルほどの暗闇の先に、かまぼこ形に切り取られた「向こう側」が見える。「向こう側」も「こちら側」も、同じ地続きの森なのに、暗いフレームの先の森は、秘密のような、よその世界のような感じがする。

トンネルには川が流れている。浅い流れに足をとられないよう、暗いコンクリートの中を腰をかがめて進む。すぐに「向こう側」に出る。明るい。

高く育った白樺や楢から光が差し込んでいる。遠く

の斜面で驚いた鹿の群れが、大慌てで駆け上っていく。川の水はさっきまで「こちら側」だったトンネルの向こうより勢いがある。人の背丈ほどもある岩と岩の間を、小さな滝になったり、溜まりを作ったりしながら、トンネルの向こうへ流れていく。

かがんで手を水にひたす。川底には、たくさんの石がころがっている。手に取って眺めては、また水に戻す。

25

りんご

家

人が仕事で東京に戻ってしまったので山の家に独りで暮らしている。独りといっても猫が二匹ついているので、寂しいということはない。独りになると困るのは、車がない生活になることだ。

食料が少なくなってきたので、リュックサックを背負って山を降りる。カーブが続く舗装道路を三十分ほど下ると線路に出る。森の中を行く線路は単線で、レールの上にぽっかりと青い空が続いている。レールを跨いで林道に入り、少し歩けば温泉の駐車場に出る。

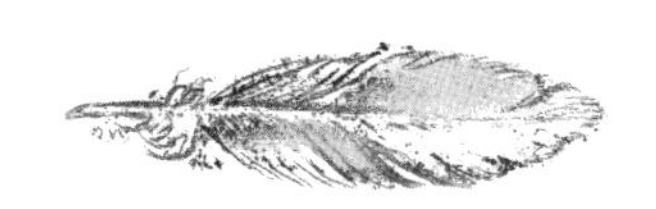

駐車場には市場が立っていて、近くで穫れた野菜や自家製のパンや総菜を売っている。トマト、ジャガイモ、ピーマンにクリームパンにアンパンを買う。迷ってから、もぎたて！と書かれたりんごも買う。久しぶりの買い物なので食いしん坊になっている。全部をリュックに詰めて背負う。重い。それでも見つけておいたキノコを採りながら帰る。やっと家に着いてりんごを齧るとおかしな味だった。

26

音

朝、目が覚めたら雪が積もっていた。三センチくらい。空はもうすっかり晴れて、これ以上は積もりそうにない。小鳥達が元気な声で鳴き合っている。コートを着て外に出る。

道には小さな足跡がたくさんついている。足跡は、交差したり単独になったりしながら道を逸れて森の奥へと続いていく。狐だろう。私もついていく。

森に入ると、頭の上のそこかしこから、カカカカッ、コココココッと、石で木を打ち鳴らすような音がする。

キツツキだ。普通の鳥達は、木の枝から枝へと飛び移るけれど、キツツキは木の幹から幹に飛び移り、そのまま垂直にスルスル登ったりするので、鳥というより獣みたいに見える。

人の声がしたようで立ち止まる。気のせいかと歩きだすと、また声がする。立ち止まって見回すと奥のカラマツが、倒れそうな角度に傾いでいて、そこから音がするのだ。風が吹くたびに揺れて、女の悲鳴のような声がする。

27

猫とヒヤシンス

ヒヤシンスの花束をもらった。花瓶に差して一階の土間に置く。二階から降りて土間を通るたびにヒヤシンスの香りがする。
「ヒヤシンス、良い匂いだね。でも何か、知ってるような匂いだね。何だっけ」と家の者に聞くと、小学校の教室の匂いじゃないか、と言う。そういえば授業で、ヒヤシンスの球根の水耕栽培をした。甘い香りと澱んだ水が混じった、ねじれた花の匂い。
もう寝ようと思って電気を消す。しばらくすると猫

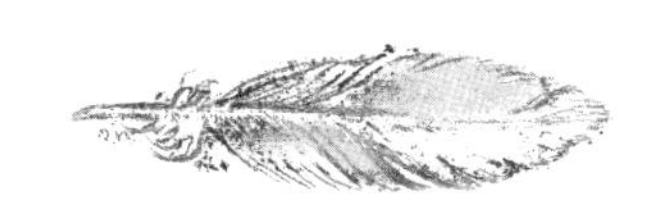

がベッドの端にトンと乗ってくる。猫は毎晩、私の腕の中で眠るのに、すぐには布団に入ってこない。枕元にじっと踞って、しばらくしてから布団に入ってくる。踞っている間は頑なで、誘っても来ようとしない。無理に引き入れるとベッドから降りてしまい、またいつのまにか枕元で踞っている。何かが満ちるのを待っているのか、失せるのを待っているのか、わからない。暗がりのなか、猫のシルエットとヒヤシンスの匂い。

28

風邪

風

邪を引いた。鼻が詰まって、頭痛がひどい。寝込んでしまった。普段なら布団に入ると嬉しいのに、頭痛と胸がゼロゼロするのとで苦しくて、寝ていても楽しくない。寝ている部屋も、直前までしていた仕事の資料の本たちが山積みになっていて狭苦しい。やっと眠ったら、大量の二〇センチ四方の厚紙の箱が、床から天井までぎゅうぎゅう詰めになっている夢をみる。

うとうとしていると、上の部屋で猫が、何か大きな

声を出している。勇ましい調子で「ワゥワー、ワゥワー」と鳴きながら、ロフトから二階、二階から一階へと、猫の声は近づいて来て、私の部屋の前でひときわ大きく鳴いた後、バンッと猫用ドアを押して入って来た。猫は緑色の紐をくわえている。この紐は彼女のお気に入りで、ただひとつの財産だ。荷物の少ない美しい暮らしだ。布団から手だけ出し、ヨロヨロと紐を振って遊んでやる。

29

三月

今日は気温が高い。おむすびとお茶をリュックサックに詰めて森に遊びにいく。山の中は雪が解け、凍っていたものも解けて、水分を含んだ匂いでいっぱいになっている。土の匂い、木の幹の匂い、濡れた枯れ草の匂い、何かの腐敗する匂い。

森の中の小さなダムに着く。今の時期、川は涸れている。コンクリートの堰堤に座って、巨石や倒木や土砂だけの川筋を眺める。おむすびを出してお茶を飲む。

ふと脇の斜面を見ると、茶色いものが倒れている。

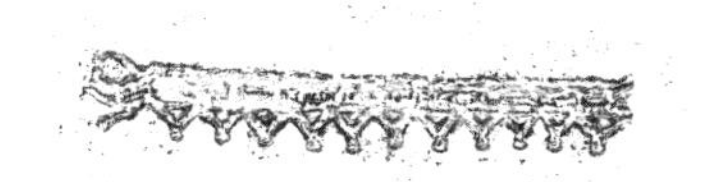

近くにいくと鹿だった。目はぽっかりと黒い穴になっている。腹は裂かれて、真っ赤な洞穴のように見える。角の長さから、まだ若い牡鹿だと思う。冬を越せなかった生き物の白骨を、何体か目にする。

帰り道、小さな黄蝶がゆらゆらと飛んでいた。越冬した蝶だろう。この暖かさに出てきてしまったのか。まだ花なんて、どこにも咲いていないのに。

30

木香薔薇

温かい霧雨が降っている。ヤッケを着て、長靴を履いて森にいく。雨の日は、人の気配がしなくてのびのびする。道をはずれて熊笹の中を歩いていく。杉苔が碧々としている。

ガサリ、と音がしたので立ち止まる。立ち止まったまま音がした方へ目をこらすと、落ち葉に埋もれるようにして、大きなカエルがいた。レンガ色で、両手の掌を合わせたより大きい。ガマガエルだと思う。これがあの、お姫様に投げられて王子様になったり、児雷

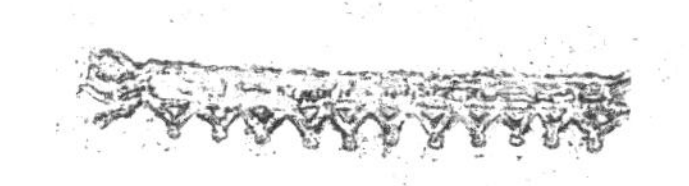

也を乗っけたり、たらりたらりと油を出す、あの有名なカエルか。初めて近くで見る。嬉しくなり携帯電話を出して、そろそろと写真を撮る。カエルはジッとしている。落ち着きのある立派な顔をしている。喉のあたりだけ静かに動いている。

雨の中、車で東京に戻る。東京は桜もとうに終わって、ツツジが満開になっている。家に帰ると夜の暗がりの中、白い木香薔薇の花が無数に咲いている。星のようだ。

31

仕事部屋

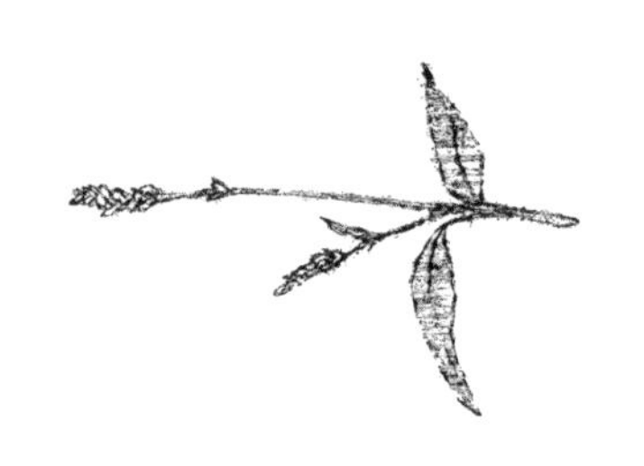

風

邪のせいか、耳がおかしくなった。聴こえないのではなく、聴こえすぎるというか、今まで聴こえなかったような音が聴こえる。耳の奥にある小部屋が腫れて、音の調節のバランスがおかしくなっているのだと思う。遠くの建物からのモーター音が、部屋中に響きわたって聴こえる。不思議だ。

不思議だけど苦しいので、家のあちこちを移動する。玄関にいると楽なのを発見して、玄関脇の土間で仕事をすることにする。土間のテーブルに絵の具を並べて

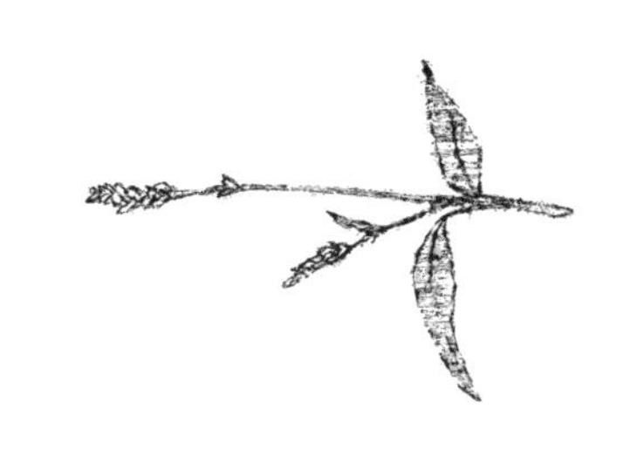

いると、家の者が「なんだかナントカ商店みたいだね。外から戸一枚はさんだ場所で仕事する、ほら畳屋さんとかさ」と言う。なるほどと思う。

ドアを開け放って、ドアの内側につけた網戸だけにする。網戸から入る、風の音や往来の音は気にならない。そこも不思議だ。仕事をしていると野良猫が何匹も立ち止まって、興味深そうに網戸を覗いてくる。

32

螢

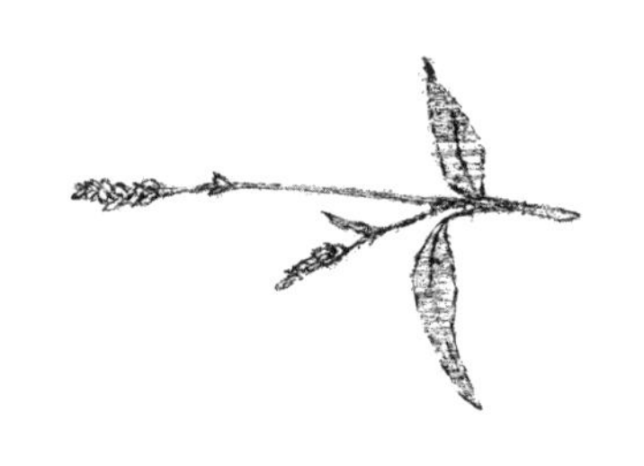

螢を見に行く。田んぼに囲まれた公園の中に用水路があって、そこで螢が見られるという。暗くなるのを待って出かける。

月明かりの中、用水路には、たくさんの人が集まってきている。子ども連れも多い。でも皆騒がず、穏やかにしている。螢が光るのを静かにして待っている。

小さな光がすぅーっと横切って、すると、あっちでもこっちでも暗がりの中を小さな光の玉がすぅーっ、すぅーっと飛びはじめる。

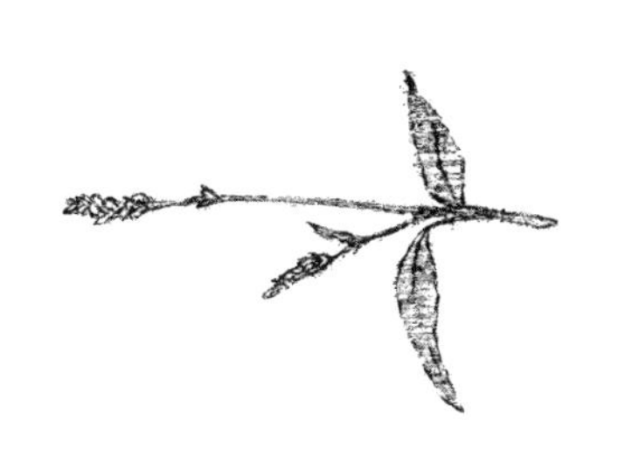

「あ、光った」っと指差す頃には消えはじめて、糸のような光の軌跡だけがずっと見えている気がする。螢たちは、最初はバラバラに光っていたのに、だんだんとシンクロしてきて、同じ呼吸で光ったり消えたりするようになるので不思議だ。「ピカーッテ、ズーットシテル。ピカーッテ、ズーットシテルネ」小さな子どもが横の父親に囁いている。声だけが、暗い中で音楽のように聴こえてくる。

33

石

二

週間ほど東京にいて、また山の家に戻る。山を出る前、夏椿に一つだけ蕾がついていたので、どうなったか見にいく。

花は木の根元にぽとりと落ちていた。昨日か一昨日に咲き、落ちたのだろう。花びらは捻れ、先が茶色に変色している。けれど中央は白く絹のような光沢で輝いている。雄しべの花糸も鮮やかな黄色を残している。そっと持ち帰って、鹿の角や石や掘り出したボルトなどが並んでいる棚にのせる。

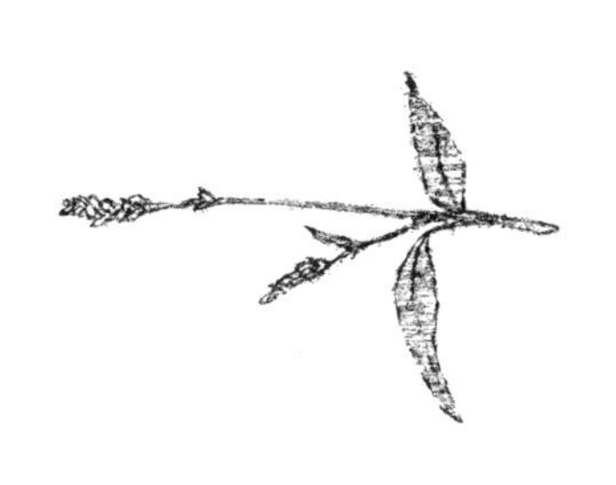

近くにある縄文遺跡の考古館へ行く。こぢんまりとした部屋に出土品の土器がぎっしりと展示されている。その中にたくさんの石が置かれたテーブルがある。どの石も丸い。丸くて安らかで、思わず撫でたくなるような石たちだ。どれも住居の遺跡の奥側から出土したという。信仰の対象と思われるが、詳しくはわからないという。この辺りの石の特徴なのか、あばたがあって、家の棚に飾ってある丸い石と、驚くほど顔が似ている。

34

遠足

山の家から少し行ったところに大きな橋がかかっている。下は渓谷になっていて、橋から下を覗くと、高くて腰がふわふわふわする。

渓谷に降りる道を見つけたので行ってみる。道は細く想像以上に急勾配で転げそうになる。暗い斜面にはサワグルミの大木や見上げるようなブナの木々や背丈より大きな岩が突き出ている。やっとのことで降りると、沢に出た。小さな滝がいくつも連なって木漏れ日の下で水しぶきをあげていて、明るい。大変な冒険を

したと思って休んでいると、岩と岩の間から保育園ぐらいの子ども達が遠足の格好で、ゾロゾロと何十人も現れた。あっけにとられていると、何と言う事もない、対岸にもっと穏やかな道があるのが知れた。拍子抜けしながら、帰りはその道を行くことにする。歩いていると、道の端に小さな帽子と輪っかのおもちゃが落ちている。さっきすれ違った、おんぶされていた赤ちゃんの物だろうか。木の枝にかけておこうと拾うと、帽子からムッとお乳の匂いがした。

35

シデムシ

森の中の道路を歩いていたら、道の中央に小さな野ネズミが倒れていた。栗色の毛がまだフワフワで、肌色の手足が少し丸まっている。目は小さな穴になっている。

すっかり死んでいるのに、ネズミの体は少しずつ、道を滑るように動いている。よく見ると体の下に、二センチくらいのオレンジ色の虫が仰向けになっていて、六本の足を動かしてネズミの体を少しずつ移動させている。時々起き上がって出てきては具合を見て、また

体の下にもぐりこむ。

車に轢かれないよう、道路の脇に寄せようと思う。木の枝でネズミを持ち上げて、道の脇のカラマツの葉が降り積もったところに置く。虫はびっくりしたのか、道の真ん中でちぢこまっていたけど、なんとか木の枝につかまらせてネズミの横に落とす。よしよしと思ったら、虫は屍体には見向きもせず大慌てで落ちている葉っぱの下にもぐりこんでいってしまった。すごく怖かったらしい。

36

地下鉄

夕

方の地下鉄に乗る。車内には、たくさんの人が乗っている。私の目の前には、眼鏡をかけた女の子が立っている。女の子はスマートフォンに夢中で眼鏡がずり落ちている。ずり落ちた眼鏡から覗く瞳が大きい。睫毛が長くて、顔が小さく、色が白い。身長は一四〇センチくらいで、制服のようなスカートとローファーを履いている。中学生くらいに見える。大変綺麗な子なのに、どこか奇妙な感じがする。髪は脂じみていて、着ているセーターがヨレヨレだ。持って

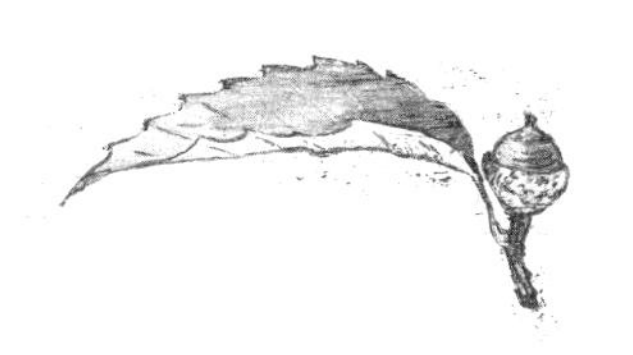

いる布バッグのリボンも昆布のようにたれ下がってい
る。何か痒いのか、頬の辺りを同じ動作で、ひっきり
なしに爪で掻いていて、その爪が伸びていて汚れてい
る。汚れた爪は、けれど素晴らしく綺麗な形をしてい
て、指も惚れ惚れするほど白くすらりとしている。私
は面白くて、じっと見つめてしまう。女の子は寄り目
になってスマホの画面を見つめている。鏡を見ない野
生の鹿か何かが地下鉄に乗っているようだ。

この作品は、『ちくま』誌の連載「引き出しの森」(二〇一四年一月〜二〇一六年一二月)に加筆したものです。

また、五四‐五五ページの作品はピーテル・ブリューゲル《La chute des anges rebelles》(ベルギー王立美術館蔵)に想を得ています。

酒井駒子

さかい・こまこ

兵庫県生まれの絵本作家。

東京藝術大学美術学部油絵科卒業。

『ロンパーちゃんとふうせん』

『金曜日の砂糖ちゃん』、『BとIとRとD』

『はんなちゃんがめをさましたら』などの作品がある。

2004年、『きつねのかみさま』(あまんきみこ文)で

第9回日本絵本賞、2009年、

『くまとやまねこ』(湯本香樹実文)で

第40回講談社出版文化賞受賞。

書籍やCDの装画も数多く手がけている。

ニューヨーク・タイムズの

「2009年の子供の絵本最良の10冊」にも選ばれた。

2匹の猫とともに暮らしている。

森（もり）のノート

2017年 9 月10日　初版第1刷発行
2021年 8 月30日　初版第5刷発行

【著者】酒井駒子

【発行者】喜入冬子

【発行所】株式会社筑摩書房
東京都台東区蔵前2-5-3　〒111-8755
電話番号　03-5687-2601（代表）

【装丁】寄藤文平＋鈴木千佳子
【印刷・製本】凸版印刷株式会社

ISBN978-4-480-81537-8 C0095